AF285139

Hieronymus im Gehäuse

Hieronymus im Gehäuse

Der Dichter, sein Haus und sein Radio

Joke Frerichs

Bibliographische Informationen der Bibliothek:
Die Deutsche Bibliothek verzeichnet diese Publikation in der
Deutschen Nationalbibliographie; detaillierte Informationen
sind im Internet über http://dnb.ddb.de abrufbar.

© 2022 Joke Frerichs

Herstellung und Verlag:
BoD – Books on Demand, Norderstedt
ISBN 978-3756-212-378

Nun ja, Sie haben mir geschrieben. Sie sind also der Doktor Soundso.

Sie würden sich gerne einmal mit mir unterhalten.

Über Dichtung und solche Sachen.

Sie wissen, dass ich Gedichte schreibe.

Und wollen wissen, wie ich dazu gekommen bin.

Wie denken Sie sich das?

Ich habe für solche Sperenzchen keine Zeit.

Keine Zeit und keine Lust.

Mit zunehmendem Alter spüre ich, dass die Zeit knapp wird.

Also – zu einem Treffen wird es nicht kommen.

Was ich Ihnen anbieten kann: ich erzähle Ihnen etwas aus meinem Leben.

Ich besitze ein altes Tonbandgerät. Ich schicke Ihnen die Tonbänder und Sie können es sich dann anhören.

Mehr ist nicht drin.

Es ist ja nett, dass Sie sich für mich interessieren.

Aber ich muss Sie vorwarnen.

Ich habe kein sogenanntes *normale Leben* geführt.

Die Dinge haben sich anders entwickelt; auch als ich es mir vorgestellt habe bzw. als es von mir erwartet wurde.

Ob das von Interesse für Sie ist – da habe ich meine Zweifel.

Aber bitte sehr!

Über das eigene Leben spricht sich nicht so leicht.

Ich sollte mal für irgendeinen Anlass einen LEBENSLAUF schreiben.

Da habe ich denen folgende Vorbemerkung hingeschrieben:

In meinem Leben geschieht eine solche verwirrende Fülle der vielfältigsten Dinge, dass ich gar nicht weiß, wie ich da einen Lebenslauf schreiben soll. Eigentlich können ihn nur Leute verstehen, die zumindest einen guten Einblick in mein Leben haben.

Ich kann Ihnen hier ein paar zaundürre Daten von meinem Lebensweg dahinklappern, wenn Sie meinen, das wäre wichtig, obwohl es total unwichtig und gewiss in keiner Weise „aussagefähig" ist. Aber wenn Sie unbedingt meinen, Sie müssten einen solchen Blödsinn wie einen sogenannten Lebenslauf haben, dann bitte.

*

Ich bin seit ewigen Zeiten arbeitslos. Ein sogenannter *Langzeitarbeitsloser.*

Als ich meine Arbeit verlor, war von
einem Tag auf den anderen alles anders.
Bisher hatte die Arbeit meinen
Tagesablauf bestimmt.
Jetzt musste ich mir meinen Tag
plötzlich selbst gestalten.
Aber das sagt sich so leicht.
Ich hatte nie über mich nachgedacht.
Oder über das, was man gemeinhin den
Sinn des Lebens nennt.
Bisher war ich ganz einfach in der Welt
unterwegs gewesen. Machte mir keine
Gedanken darüber, wie es anders hätte
sein können.
Ich war mit allen möglichen
Alltagsdingen beschäftigt.
Zum Nachdenken blieb da nicht viel
Zeit.
Jetzt hatte ich auf einmal Zeit im
Überfluss.
Aber sie war ganz leer.

Wie sollte ich sie ausfüllen?
Je mehr ich darüber nachdachte, desto
stärker spürte ich:
Da war nichts.

All die angepriesenen
Sinnbeschaffungsprogramme, die vielen
Reise- und Freizeitangebote –
ich hatte dafür keine Mittel, sie kamen
für mich nicht infrage.
Also beschäftigte ich mich nicht weiter
mit ihnen.

Meine Hauptbeschäftigung bestand zu
dieser Zeit darin, ziellos in der Gegend
umherzulaufen.
Irgendwo hatte ich gelesen, das Gehen
sei ein *Ins-Leben-Kommen*; aber mir
wollte sich das sogenannte Leben nicht
zeigen.
Worauf hoffte ich?

Immer wieder hielt ich inne; setzte mich
auf eine Bank.

Sah den Kindern beim Spielen zu und
sinnierte vor mich hin.

Ich fand keinen Ansatzpunkt, um etwas
Sinnvolles zu beginnen.

Allmählich breitete sich eine namenlose
Angst in mir aus, diese Königin aller
Stimmungen.

Lange Zeit gelang es mir nicht, ihrer
Herr zu werden.

Es war nicht die Furcht vor etwas
Bestimmtem.

Es war eine Art *Grundbefindlichkeit*.

Heute würde ich sagen:

*Die Angst vor der Unheimlichkeit des
Daseins*.

Sie offenbarte sich mir in ihrer ganzen
Doppelgesichtigkeit: als *Weltangst* und
als *Angst vor der Freiheit*, Dinge zu tun,
die ich noch nie vorher getan hatte.

Ich war kurz davor zu resignieren.

Aber irgendwas sträubte sich in mir.

Ich begriff, dass ich mich dagegen
stemmen musste, wollte ich nicht sang-
und klanglos untergehen.

*

Zum ersten Mal wurde mir so richtig
bewusst, dass ich eigentlich über einen
ungeheuren Reichtum verfüge:

Ich hatte Zeit.

Ich begann zu lesen.

Die Bücher besorgte ich mir in einem
Antiquariat.

So kam es, dass ich mich mit dem
Antiquar anfreundete.

Ein gebildeter Mann, der sich in Vielem
auskannte.

Er hatte studiert, aber eines Tages alles
hingeschmissen.

Warum?

Darüber sprach er nie.

Da ich völlig unbedarft war, gab er mir
Hinweise.

Er empfahl mir Bücher, und so kam ich
zur Literatur.

Vor allem für Gedichte begann ich mich
zu interessieren.

Einige sprachen mich direkt an.

Immer öfter las ich sie mir laut vor, um
ihren Klang und ihre Atmosphäre zu
spüren.

Mit der Zeit gelang es mir, in tiefere
Schichten vorzudringen.

Verstand ich etwas nicht, fragte ich
meinen Antiquar.

Da ich es nicht gewohnt war, mich
intensiv auf einen Text einzulassen,
brauchte ich lange, um das erforderliche

15

Höchstmaß an Aufmerksamkeit zu
entwickeln.

Ich entdeckte, dass ein Gedicht sich
dem schnellen Verstehen verweigert;
dass es je nach Stimmung viele Lesarten
ermöglicht und vom Leser die Fähigkeit
verlangt, seine Empfindungen und
Wahrnehmungen in einem neuen Licht
zu sehen.

Gleichzeitig regte es meine
Phantasietätigkeit an und bewirkte eine
Art *Herzenswandlung.*

Seither liebe ich es, immer neue
Entdeckungen zu machen. Es ist eine
neue Art zu sehen und zu empfinden.
Beim Hinausgehen am Morgen, beim
Tagbegrüßen, komme ich mir oft vor wie
ein Kind, das voller *Wundererwartung*
ist.

Ich versuche, meine Sinne von der
Routine des Bescheidwissens zu
befreien.
Auf diese Weise baue ich mir
Widerstandsnester gegen meine
bisherige Wahrnehmung der Dinge und
finde zahlreiche Anlässe zum Innehalten
und Nachdenken.

Ja – und irgendwann hat es mich
gereizt, selber etwas zu schreiben.
Nur für mich.
Zunächst schrieb ich alles auf, was mich
umtrieb.
Mit der Zeit merkte ich, dass da etwas in
mir war, das herausdrängte.
Der Gedanke ans Schreiben wurde zu
einer Art ideellem Hinterhalt.
Wenn es mir schlecht ging oder es zu
einsam um mich wurde, tröstete ich
mich mit diesem Gedanken.

Ich sagte mir: Du hast eine Gabe
mitbekommen, die Du nur aus Dir
herauslassen musst.
So in etwa.

*

Jetzt wissen Sie einiges über mich.
Was ich Ihnen hier im Zeitraffer
geschildert habe,
wurde mir erst so nach und nach klar.
Ich habe nie über diese Dinge
gesprochen.
Aber meinem Tonbandgerät vertraue ich
sie an.
Also – was soll ich Ihnen noch erzählen?
Ich will Ihnen gleich vorweg sagen:
Eigentlich sage ich zu niemandem
Doktor.
Allenfalls zu meiner Ärztin.

Und überhaupt: diese Doktoren und Professoren und wie sie sich alle so nennen.

Ich habe im Laufe der Jahre erfahren, dass das so großartige Leute gar nicht sind.

Ich hab da so meine Erlebnisse.

Da gab es mal so einen Gymnasialprofessor oder so ähnlich.

Der theoretische Bücher über Dichtung geschrieben hat.

Und der hat doch glatt gemeint, in seinem Buch wären alle Formen der Dichtung enthalten.

Ich hab mir das dann mal angeschaut, und was soll ich Ihnen sagen:

Nicht drin war der *Akrostichon*!

Den kannte er wohl nicht.

Ich habe ihm daraufhin geschrieben.

Eine Antwort von ihm habe ich nie erhalten.

So ist das mit den Doktoren oder Professoren:

Da wolln se so großartig sein und behaupten, sie hätten alles drin in ihrem Lehrbuch.

Und dann fehlt ein so wichtiger Teil wie der Akrostichon.

Der fehlt vollkommen.

Viele wissen gar nicht, was das ist.

Also:

Ein Akrostichon ist ein Gedicht, bei dem die Anfangsbuchstaben, -silben oder -wörter der Verszeilen oder Strophen ein Wort oder einen Satz ergeben.

Peng!

Das hat mein Professor wahrscheinlich gar nicht gewusst, obwohl er es in jedem anständigen Lexikon hätte nachlesen können.

Er hat es ganz einfach nicht gewusst,
dass es so etwas gibt.

Nun ja!

Er hat natürlich auch nicht gewusst,
dass ich selbst Hunderte Akrosticha
geschrieben habe.

Zum Teil doppelte.

Ich bin ja nun mal nicht Goethe.

Und auch nicht Schiller.

Das sind ja ihre Heroen.

Die haben zwar keine Akrosticha
geschrieben – soviel ich weiß.

Aber dafür kennt sie jeder.

Dabei hat ein Goethe auch viel Mist
geschrieben, wenn ich das mal so
despektierlich sagen darf.

Aber so ist nun mal der Literaturbetrieb.

Die sogenannten Klassiker sind
unantastbar.

Nun gut.

Das andere Zeug war dann aber dabei:

Alles über Jamben, Trochäen.

Dieser ganze Kram.

Wissen Sie:

Das würde mich bei meiner Arbeit

einfach nur stören.

Wenn ich beim Gedichte schreiben

dieses ganze Geroppe im Kopf hätte,

dann könnt' ich überhaupt nicht

schreiben!

Das stört absolut!

Ich schreibe das, was mir einfällt, auch

ohne so'n theoretisches Zeug da liegen

zu haben.

So was stört nur.

Was soll ich damit?

Ich sehe ja hinterher, wenn das Gedicht

fertig ist, was draus geworden ist.

Was es vielleicht für'n Reim hat.

Das sehe ich ja.

Das kann ich doch nicht vorher
festlegen!
Mich dadurch einengen!
Und deswegen kann ich da gar nichts
mit anfangen.
Das, was ich schreibe, kommt so aus
mir heraus –
da gibt es eine Stelle in mir,
ich weiß auch nicht, wo die sitzt,
und die sagt mir dann:
So musst du es machen.
Peng!
Und dann ist das so gemacht.
Und dann guck ich nicht darauf, ob das
jetzt Jamben oder sonst ein Zeug ist.
Nee, nee, nee.

Und überhaupt:
Glaubt wirklich jemand, man verstünde
etwas von Dichtung, wenn man all dies
Zeug wüsste?

Ich fürchte, in den Schulen werden die
Kinder damit vollgestopft.
Damit verleidet man ihnen jegliche
Freude an Gedichten. Daher muss man
sich nicht wundern, dass sie sich im
späteren Leben nicht mehr dafür
interessieren.
Wer liest heute noch Gedichte?

Glauben Sie bloß nicht, dass ich je mit
solchen Leuten über meine Sachen
diskutieren würde.
Ich schreibe so, wie es aus mir
heraustritt, ja?
Und dann sind da ein paar Leute, denen
schick ich das.
Das mache ich seit Jahren so.
Die interessieren sich dafür, und die
sagen auch gewöhnlich etwas dazu.
Früher waren es noch ein paar mehr.

Aber das waren meist ältere Leute, die
inzwischen gestorben sind.

Jetzt sind nur noch ganz wenige übrig
geblieben.

*

Ich hab' kein Fernsehen, aber ein Radio.

Das ist meine Verbindung zur Welt.

Es ist eine *Philetta de Luxe,* ein altes
Transistor-Radio.

Es ist mit mir in die Jahre gekommen,
aber es tut immer noch seine Dienste.

Vor einigen Jahren musste ich es
reparieren lassen.

Gott sei dank gab es noch Ersatzteile,
vielleicht wegen der vielen Sammler oder
Liebhaber.

Das Radio stammte von einer Tante.

Ein Geschenk zur Konfirmation.

Es hat die Form eines Kommissbrotes.

Die Cremefarbe hat sich mittlerweile zu einem hellen Braunton verdunkelt. Die Drehknöpfe des Sendersuchers und Lautsprechers sind in Goldfarben gehalten. Das Leuchten des magischen Auges der Abstimmungshilfe und das ziemlich wuchtige Gitterwerk der Lautsprecherverkleidung verleihen dem Radio in der Dunkelheit etwas Sakrales. Wenn ich nachts Radio höre – vor allem bei klassischer Musik – kommt das Ganze einer Andacht gleich. Zwar lassen sich nicht alle Sender in der gleichen Schärfe einstellen; aber wenn der vertraute Brummton der Anwärmphase nachlässt, kann man sich auf eine Reise in eine ganz eigene Welt machen.

*

Eines Tages hörte ich zufällig eine Art
Streitgespräch zwischen einem
bekannten Großkritiker und einem
anderen Kritiker.
Was soll ich Ihnen sagen?
Ich hatte von Beiden keinen guten
Eindruck.
Wenn ich höre, wer da so alles
hochgejubelt wird von diesen Leuten.
Eine war diese Lyrikerin, die angeblich
das Beste ist, was im Moment in
Erscheinung tritt.
Nun – ich habe mir Sachen von der
durchgelesen.
Und wollen Sie wissen, was ich davon
halte?
Es hat mir gezeigt, dass sie gar nicht
weiß, was ein Gedicht ist.
Keine Bilder, kaum Gefühle, keine
Reime.

Nur abgedroschene Postkartenidylle.
Und so etwas wird als beste Lyrikerin
unserer Zeit gehandelt.
Das ist doch ein Witz.
Überhaupt dieses *Auf-den-Schild-heben*
bestimmter Figuren.
Dafür braucht es offenbar dieser
Kritiker.
Als könnten sich die Leute kein eigenes
Urteil bilden.

Besonders widerwärtig finde ich, wie sie
Schriftsteller runter machen.
Das kann bis zur existentiellen
Bedrohung führen.
Dabei wird völlig ignoriert, dass
literarische Urteile doch immer subjektiv
sind.
Von bestimmten Vorlieben und
Abneigungen des Lesers abhängen.

Davon kann sich doch keiner
freimachen.

Auch ich nicht.

Nur der Herr Großkritiker kann das
glauben.

Für mich ist das ein Theater spielender
Clown, der sich seiner Alleinherrschaft
bewusst ist und sie bis zum letzten
ausnutzt.

Diese Kulturdiktatoren ignorieren doch
auch vieles

Na ja – ich pfeife jedenfalls auf diese
Herrschaften.

Weil ich eine innere Sperre dagegen
habe, dass bestimmte Leute verdammt,
andere totgeschwiegen und wieder
andere hochgejubelt werden.

Einem dieser Kritiker habe ich einmal
Sachen von mir geschickt und ihm
folgendes geschrieben:

Es ist nur allzu offenkundig, dass Sie an Berühmtheiten und bekannten Namen hängen und sich nicht vorstellen können, dass auch andere Leute außer Hesse, Benn und Grass etwas können. Auch dass Sie nahezu ständig betonen, dass Sie KRITIKER seien und daher kein Urteil über meine Sachen geben könnten – zumal in einem privaten Brief. Von mir aus, mir ist es egal!
Genau genommen habe ich selbst soviel Kunstverstand, dass ich meine Hervorbringungen beurteilen kann. Ich weiß selbst, welche Gedichte von mir außerordentlich sind und welche vielleicht nicht so gut sind. Dazu brauche ich keinen einzigen Kritiker – ob in West oder Ost. Daher können mir sämtliche Kritiker in aller Welt kreuzweise den

Buckel herunter rutschen. Auf deren
Urteil oder Nicht-Urteil gebe ich nichts...

Mich nervt einfach das Herumreiten auf
den sogenannten Klassikern.
Ich verstehe das ja.
Damit wähnt man sich auf der sicheren
Seite und riskiert nichts.
Aber wenn man genauer hinsieht:
Ich habe mich vor einiger Zeit mit
altrömischen Autoren befasst.
Zum Beispiel mit Catull.
Was soll ich Ihnen sagen:
Ich kann nichts Großartiges an ihm
finden.
Es ist viel dummes, läppisches Zeug
dabei.
Ab und zu mal was Nettes, aber doch
nur sehr vereinzelt. Trotzdem habe ich
mich da durch gequält und wissen Sie,
was ich festgestellt habe?

Die haben auch alle nur mit Wasser
gekocht.
Aber wahrscheinlich – weil sie nun mal
2000 Jahre alt sind – finden die sog.
Literaturwissenschaftler sie wunderbar.
Ich bin dagegen der Meinung:
Wenn ein Heutiger so ein Zeug vorlegen
würde, würde man es ihm um die Ohren
schlagen!
Und zwar zu Recht.

*

Also beschreite ich den einzigen mir
möglichen Weg, indem ich
Entsprechendes von mir gleich direkt an
einige Leute schicke, denn nur so wird
das Mitgeteilte überleben.
Gewiss, unter dem Gesichtspunkt der
Ewigkeit mag das alles total belanglos
sein.

Andrerseits: Die Gottheit schenkt uns
nicht die Einfälle zu unseren Werken,
damit wir damit umgehen, als seien es
gänzlich wertlose Dinge.
Man muss schon für alles
entsprechende Sorge tragen, soweit wir
als Menschen noch geradeaus blicken
können. Alles was dann über diesen
weiten zeitlichen Rahmen hinausgeht in
Zeiträume von Jahrtausenden und
vielleicht noch weiter – dafür denn Sorge
zu tragen, müssen wir der Gottheit
überlassen, die uns einmal in unserem
kurzen menschlichen Leben mit guten
Einfällen beglückt hat.

Nun stellen Sie sich vor, was mir
passiert ist:
Ich bin vor einiger Zeit mit Ovid
verglichen worden.
Das war kein Scherz!

Darauf hin habe ich mir sofort eine
Monographie über Ovid zugelegt.
Ich habe dann festgestellt, dass der ganz
anders geschrieben hat als ich.
Wie kommt man dann dazu, mich mit
ihm zu vergleichen? Die Dichter der
damaligen Zeit scheinen unseren Reim
gar nicht gekannt zu haben.
Also: viel Ähnlichkeit fand ich zwischen
Ovid und mir nicht!
Es sei denn in der Freiheit der
Themenwahl.
Da gibt es vielleicht eine ferne
Verwandtschaft zu den Ovidschen
VERWANDLUNGEN.
Bei Ovid verwandeln sich die Menschen
tatsächlich in Pflanzen und Tiere,
während das bei mir doch immer so
etwas hin und her schwimmt, schwer zu
erklären; jedenfalls ganz anders als bei
Ovid.

Sehen Sie sich doch aus meiner
autobiographischen Serie IRONISCHE
LIEBESBRIEFE die Stelle an, wo ich als
Hassan der Igel an *Li das Eichhorn*
schreibe.
Das hat mit Ovid rein gar nichts zu tun.

*

Es gibt nach meiner Meinung immer
weniger schöpferische Dichter.
Neulich verstieg sich einer dieser
Kritiker sogar dazu, zu behaupten,
heute sollten Dichter Computer zu Hilfe
nehmen.
Ich will Ihnen was sagen: Diese Leute,
die den Computer für sich „dichten"
lassen, sind keine Dichter.
Dabei sind die echten, schöpferischen
Dichter keineswegs gänzlich
ausgestorben.

Sie werden nur nicht wahrgenommen
von den Kulturverantwortlichen!
Es ist doch so:
Wer nicht in den Medien präsent ist,
vorwiegend im Fernsehen, taugt in den
Augen der Öffentlichkeit ohnehin nichts.
Und wer nicht ständig von unseren
Großkritikern durch die Zähne gezogen
wird – ob im Guten oder Bösen – wird
ignoriert.
Der Deutsche muss quasi erst eine
amtliche Beglaubigung über einen
Dichter in der Tasche haben, sei es
durch Großkritiker, Fernsehen oder
durch irgendeinen windigen
Universitätsprofessor, bevor er ihn
wahrnimmt.
Und da ich solches alles nicht habe,
können meine Gedichte allein aus
diesen Gründen nichts sein, und man
liest sie deshalb oft noch nicht mal.

DAS IST DAS DEUTSCHE PUBLIKUM!

Ach ja, und dann gibt es noch die
Wahnsinnsinflation der Literaturpreise!
Stellen Sie sich vor: ich schreibe seit 60
Jahren und habe noch keinen einzigen
Literaturpreis bekommen!
Während Leute, die überhaupt keine
Gedichte schreiben können, die gar
nicht wissen, was das überhaupt ist und
überdies noch größte Schwierigkeiten
mit der deutschen Sprache haben –
solche haben Literaturpreise bereits
dutzendweise einkassiert!
Aus all diesen Gründen kann ich wohl
nur den allergrößten Mist geschrieben
haben.

*

Jetzt stellen Sie sich mal folgendes vor:
Unlängst bin ich von der FAZ in der
hämischsten Weise niedergemacht
worden.
Und was passierte?
Viele Leute wollten daraufhin trotzdem
von mir meine Gedichte haben –
natürlich kostenlos.
Und ich Idiot habe das auch noch
gemacht.
Habe diesen Leuten meine Gedichte
zugeschickt und von all diesen
Absahnern nie wieder was gehört!
Seitdem fühle ich mich diesen Leuten
überlegen – zumindest moralisch und
was das Sozialverhalten angeht.

Die Summe all dieser und ähnlicher
Erfahrungen führt mich immer mehr
dahin, das Publikum zu verachten.

Genauer gesagt: das sog. elitäre
Publikum.

Das zeichnet sich vor allem durch
asoziales Verhalten und Ignoranz aus.

Ich habe z.b. diverse
Kulturgesellschaften angeschrieben; Sie
wissen ja: diese Bindestrich-
Gesellschaften:
Puschkin-Gesellschaft;
Pfitzner-Gesellschaft;
Goethe-Gesellschaft
und wie sie alle heißen.

Ich habe ihnen Material zugeschickt.

Die Reaktion war gleich Null.

Äußerst banausenhaft.

Dann habe ich die Kurdirektoren einer
ganzen Reihe von Kurstädten
kontaktiert, mit der Bitte, doch einem
Langzeitarbeitslosen wie mir einen
Ferienaufenthalt zu genehmigen.

Als Gegenleistung würde ich Lesungen abhalten und mein Material zur Verfügung stellen.

Auch diese Aktion verlief im Sande.

Nicht einmal einer Antwort hat man mich für würdig gefunden.

Kalte Nichtbeachtung.

Nun gut.

Als *Weltmeister im Hinnehmen von Niederlagen* habe ich auch das weggesteckt.

Bei mir verfestigt sich jedoch der Eindruck, dass das Herausgehobensein der sogenannten kulturellen Elite hauptsächlich darin besteht, dass ihnen nichts wehtut, dass sie weitgehend von den Biestigkeiten des Lebens aufgrund eines gut gefüllten Bankkontos verschont geblieben sind. Mögen solche Leute Professoren, Doktoren oder sonst was sein.

*

Aber ich habe auch positive
Erfahrungen gemacht.
Mit *Robert Gernhardt* zum Beispiel.
Der bekommt bei mir die Note 1 mit
Stern.
Im Unterschied zu den Gedichten
Anderer, deren Gedichte manchmal
etwas Gesuchtes, Gekünsteltes an sich
haben, schien Gernhardt aus dem
Vollen zu schöpfen.
Ich jedenfalls bin froh, dass es
Gernhardt gab!
Er ist ja nun leider auch nicht mehr da.
Ich nannte ihn meinen KEIMZEILEN-
LIEFERANTEN!
Warum?
Das muss ich Ihnen erklären:

Gernhardt gab mir damals die
Erlaubnis, einige Gedichte von ihm als
Material zu benutzen.

Zum Beispiel sein Gedicht über *Kröten*
oder das über einen *Nachbarn*.

Ich habe ihm daraufhin sofort zwei
Briefe geschrieben und ihn darauf
hingewiesen, dass er die schöpferischen
Möglichkeiten, die in seinen Gedichten
stecken, glatt verschenkt.

Zur Illustration habe ich die ersten
Zeilen seiner Gedichte jeweils für eigene
Gedichte genutzt.

Hier einige Beispiele:

Kröten sitzen gern vor Mauern,
die der Efeu halb bedeckt.
Ob sie froh sind, ob sie trauern,
bleibt verborgen und versteckt.

Kröten sitzen gern vor Mauern.
Ihre Augen blicken stumm.
Ob die Schönen dort versauern,
kriegt kein Freier sie herum?

Kröten sitzen gern vor Mauern,
träumen still im Mittagsglast.
Mag der Regen noch so schauern,
sie ertragen es gefasst.

Und so geht es noch drei Strophen weiter.

Auch auf den „Nachbarn" habe ich mir erlaubt, einige Verse zu dichten, um zu zeigen, welche dichterischen Möglichkeiten der Text noch birgt.

Hier ein Ausschnitt:

Alles ist eitel, eins aber stört:

Dass dir dein Arsch nicht alleine gehört!
Züchtigungsrecht hagelt und drischt –
und deine Eltern sprechen von Pflicht.

Alles ist eitel, eins aber stört:
Dass dich die Flamme der Sehnsucht
verzehrt.
Fernweh im Sinn, träumst du dich fort.
Bist in Gedanken halb schon an Bord.

Und so geht es dann noch 6 Strophen
weiter.

Auch über Gernhardts Gedicht vom
NASENBÄREN.

schrieb ich auf der Grundlage von fünf
ersten Zeilen sofort ein Gedicht mit fünf
Strophen.

Die erste möchte ich Ihnen vortragen:

Der Nasenbär sprach zu der Bärin:

„Der Gernhardt kriegt's nur ungefähr
hin.

Der reimt die ‚Bärin' glatt auf ‚lehren'.

Da muss und soll man sich beschweren!"

Irgendwann musste ich dann dem
Robert Gernhardt schreiben, dass ich es
mir mit der allergrößten Anstrengung
verkneifen muss, ständig neue Gedichte
von ihm zu lesen und darauf eigene
Verse zu dichten.

Und daraufhin bezeichnete ich ihn als
den besten KEIMZEILEN-Lieferanten,
der mir bis dahin begegnet war.
Gäbe es ihn nicht, hätte ich nicht diese
Keimzeilen-Gedichte schreiben können,
die bei meinen literarischen Bekannten
sehr gut angekommen sind

Ich hatte mit ihm schon einen
Briefwechsel, als er noch nicht so
bekannt war.

*

Ein weiterer Glücksfall für mich war der
Kontakt zu einem Musikwissenschaftler.
Der stand mir ziemlich nahe, weil, der
machte so ganz andere Sachen, mit
denen ich mich ebenfalls intensiv
beschäftigt habe.
Er war – wie gesagt – eigentlich
hauptsächlich Musikwissenschaftler.
Aber gleichzeitig war er auch Autor.
Und er schrieb auch Gedichte.
Bei mir ist es anders herum:
Ich bin vor allem Autor.
Und schreibe Gedichte.
Hab' aber auch ziemlich viel Ahnung von
Musik.

Ja – und dann fing die Sache mit ihm
an:
Wir interessierten uns beide für Dichter,
die gleichzeitig als Komponisten
hervortraten.
Da hat er mir gleich am Anfang unserer
Bekanntschaft geschrieben:
Er hätte da vor, an so etwas zu arbeiten.
Darüber wollte er ein Buch
herausbringen.
Ja – und da ich auf diesem Gebiet
auch ziemlich beschlagen bin, ergab
sich eine Zusammenarbeit.
Ich meine, der Autor war natürlich nach
wie vor er.
Aber knapp die Hälfte von seinen
komponierenden Dichtern, die kannte
ich.
Und ich wusste noch von einigen
anderen, die komponiert hatten.

Die hat er oft gar nicht gekannt.

Ich hab ihn darauf hingewiesen.

Und manchmal hatte ich sogar die
Noten von diesen Leuten.

Aber nicht immer.

Und wo das nicht der Fall war, hab ich
gesagt:

Ja, da gibt es was.

Da müssen Sie mal nachsehen.

Ich hab ihn also praktisch in Marsch
gesetzt.

Dass er entsprechende Bibliotheken
abklappert.

Und da hat er sie in der Regel auch
gefunden.

Wenn ich aber selbst was hatte, dann
hab ich ihm das von mir aus geschickt.

Insofern war das eine wunderbare
Zusammenarbeit.

Wir haben ständig darüber
korrespondiert.

Ich will damit nur sagen:

Wenn ich mit ihm etwas mache oder gemacht habe.

Dann ist das auch wirklich was Konkretes.

Dann ist das keine unverbindliche Plauderei oder so etwas.

Dann arbeiten wir auch an einer Sache irgendwie.

Und manchmal hab ich bei der Arbeit an den komponierenden Dichtern auch gedacht:

Ach – das brauchst Du ihm gar nicht zu sagen.

Das wird er selber wissen.

Aber dann hat sich manchmal rausgestellt, dass er das nicht selber wusste.

Zum Beispiel: Dass James Joyce komponiert hat.

Das wusste ich.

Er aber nicht.

Und dann war er überglücklich.

Aber ich hatte die Noten nicht. Die hat
er dann besorgt.

Dass Joyce Gedichte geschrieben hat,
das wusste man ja.

Aber dass er auch komponiert hat,
wusste man nicht.

Na ja, hab ich ihn eben darauf
hingewiesen:

*Sehen Sie mal zu, irgendwo muss es ja
was geben.*

Jedenfalls hat er dann irgendwann
etwas gefunden.

Und war wahnsinnig glücklich.

Ja – und in dieser Art war meine
Zusammenarbeiten mit ihm.

*

Nun wollte er natürlich sein Werk einem
Musikverleger übergeben.

Ja, und der erste, der wollte 10.000
Euro dafür haben, dass er das
überhaupt druckt.

Und hinterher hätte er ihm die
gedruckten Exemplare noch einzeln
abkaufen müssen.

Ja – welcher normale Mensch kann das
denn überhaupt bezahlen?

Das ist doch unmöglich!

Also ging das nicht.

Dann der nächste Verleger.

Da war er sogar mit befreundet.

Ja – und der hat gesagt:

Da kommt ja der Theodor W. Adorno bei
Ihnen vor.

Und obwohl er nichts Schlechtes über
Adorno gesagt hat.

Der kam da nur vor als komponierender
Dichter.

Ja – hat der Verleger gesagt:

Da könnte ich Schwierigkeiten kriegen,
wegen der Urheberrechte.

Und dann hat der es aus diesem Grunde
nicht genommen.

Das war Verleger Nr. 2.

Dann kam der dritte Verleger.

Diesmal war es eine Verlegerin, wo er in
früheren Jahren schon mal was
veröffentlicht hatte.

Die hatte aber die Idee – weil das so´n
interessantes Thema war:

Komponierende Dichter.

Die wollte sich auf einmal als Mitautorin
da so reindrängen.

Obwohl das Manuskript schon fertig
war.

Da hat er gesagt:

Nee, das geht nicht. Das Manuskript ist fertig.

Ich kann jetzt nicht einfach da eine Mitautorin reinnehmen.

Und dann hat die es auch nicht gemacht.

Soweit zu den Buch-Unternehmern. Eigentlich sind es Leute, die nichts unternehmen, solange sie das Risiko nicht auf andere abwälzen können. Inhaltliche Interessen? Idealismus? Risikobereitschaft? Pioniergeist? Fehlanzeige! Allein der Markt regiert. Auch in diesem Kernbereich unserer Kultur.

Dann sagte er resigniert zu mir: Dann ist das auch eines von vielen Projekten, die ich liegen lassen muss.

Er muss wohl mehrere solche Sachen
gehabt haben, wo er keinen Verleger für
gefunden hat.
Ja – was soll ich Ihnen sagen:
Der erste, der sich dann aufgeregt hat,
das bin ich gewesen.
Obwohl ich nicht der Autor war, ja?

Da hab ich ihm geschrieben:
Herr Doktor – ich spreche ihn normal
nicht als Doktor an –
Wissen Sie was?
Ich – obwohl langzeitarbeitslos – habe
eine eigene kleine Zeitschrift;
hektographierte Exemplare.
Ganz allein habe ich die Zeitschrift
organisiert und produziert.
Und natürlich finanziert.
Ohne fremde Hilfe.
Mit meinen bescheidenen Mitteln.

Mir geht es darum, vergessenes,
verdrängtes oder nichtbeachtetes
Kulturgut zu veröffentlichen.
Und ein Organ für eigene Produktionen
zu haben.
Nachdem ich erfahren musste, dass der
Kulturbetrieb mir ansonsten
verschlossen bleiben würde.

Das ist zwar nur eine kleine,
unbedeutende Zeitschrift und kein
Buchverlag.
Aber!
Wir könnten einen Sonderdruck
herausgeben.
Damit wir die ganzen Fragen – ob
Zeitschrift oder Buch – umgehen.
Ich hatte mich vorher erkundigt, an
welche Pflichtstellen man Exemplare
abgeben muss usw.

Und dann stellte sich heraus, dass
einige Stellen ganz interessiert waren.
Und da haben wir einen Sonderdruck
herausgegeben.
So ist aus der ganzen Geschichte doch
noch was geworden, und mein
Bekannter war überglücklich!

Also: so was in der Art mache ich.
Aber so einfach sich zusammensetzen
und sich unterhalten?
Und dann womöglich noch Wein
trinken. Nee, nee...

Kennengelernt habe ich ihn, da hat er
ne Sendung über Nikolaus Lenau im
Radio gemacht.
Ich hab ja keinen Fernseher.
Nur Radio.
Die Sendung habe ich zum größten Teil
gehört.

Und habe ihm darauf hin per Adresse im
Radio geschrieben.

Und er hat wieder geschrieben.

Und in kürzester Zeit waren wir in
einem riesigen Briefwechsel drin.

Und da war er zu dem Schluss
gekommen, dass wir Koinzidenten sind.

Koinzidenten sind Leute, die ganz eng
an derselben Sache arbeiten.

Ohne voneinander zu wissen.

Und es ist natürlich dann gut, wenn
solche Leute zusammenarbeiten.

Also: wenn sie kein Konkurrenzdenken
oder so was haben, sondern
zusammenarbeiten.

Da kommt am meisten bei raus.

Wenn da jetzt der eine neidisch auf den
andern ist, das ist nicht gut.

Das darf nicht sein.

Er macht das ja als
Musikwissenschaftler – darum soll er
auch als Autor auftreten.
Und ich bin dann praktisch nur der
Mann im Hintergrund, der schon mal
Tipps gibt.
Ja – das mach ich dann aus Spaß an
der Freud.

*

Also – Sie sehen schon, Herr Doktor: ich
mache so einiges.
Gerne schreibe ich auch Briefe.
An Lebende und Tote.
Die Toten sind mir oft näher als die
Lebenden.
Antworten bekomme ich ohnehin keine.

Ich sage immer zu meinen Leuten, die
ebenfalls arbeitslos sind wie ich:

Macht was. Lasst Euch nicht hängen.
Wartet nicht auf den Weihnachtsmann.
Die Arbeitslosigkeit müsste von jedem
Arbeitslosen auch als CHANCE
begriffen werden.
ZEIT zu haben ist auch ein Kapital!
Ich will Ihnen was sagen:
Zeit ist der einzige Luxus, den ich mir im
Leben geleistet habe!
Und daraus musste ich doch etwas
machen!
Auch mit wenig Geld.
Und so habe ich versucht, meinen
verkorksten Bildungsweg nachzuholen.
Ich war immer an Dingen gescheitert,
die ich eigentlich im Leben gar nicht
brauchte.
Mathematik zum Beispiel.
Das, was mich wirklich interessierte –
die musischen Fächer – das kam immer
zu kurz.

Als ich arbeitslos wurde, habe ich mir
gesagt:
*Jetzt nimmst du dir die Zeit und holst so
viel wie möglich nach.*

Aber es scheint, dass die Arbeitslosen
das noch gar nicht begriffen haben.
Dass sie ihre Zeit nutzen müssen.
Sobald die Arbeitslosigkeit eintritt,
lassen sie sich hängen, wie
abgeschaltete Maschinen.
Und meinen auch noch, das wäre richtig
so.
Die meisten wissen nichts Sinnvolles mit
sich anzufangen.
Das ist mir unverständlich.
Gut – man kann sich mal besaufen.
Habe ich auch getan.
Aber dann wird es Zeit, an die
wichtigeren Dinge zu denken.

Ich selbst habe während meiner
Arbeitslosigkeit – die jetzt schon eine
Ewigkeit währt – in einem Jahr einmal
167 Gedichte und ein Prosastück
geschrieben.

Daneben die Druckvorlage für meine
Zeitschrift selbst geschrieben.

Und den Druck gemacht.

Danach habe ich sie in alle Welt
verschickt.

Den Versand selbst besorgt.

Und den Riesenbriefwechsel mit vielen
Leuten geführt.

Und das trotz meiner gesundheitlichen
Leiden und Schwierigkeiten.

Damit will ich nur sagen: man kann
durchaus was machen, auch wenn man
in einer schlechten und scheinbar
aussichtslosen Position ist.

Man darf nur nicht aufgeben.

Und vor allem: *man darf s i c h nicht aufgeben.*

Einem meiner Leidensgenossen habe ich damals geschrieben.

Das möchte ich Ihnen einmal vorlesen:

Wie ich Dir früher schon sagte: Du musst was tun. Nur einfach so herumhängen, wie Du es tust, das bringt nichts, trotz gelegentlicher sexueller Abwechslung. Ist der Beischlaf vorbei, meldet sich gleich dieselbe vorherige öde Tristesse! Das Zeug, was Du da als Deine Lektüre angibst, kannste vergessen. Das ist das übliche Unterhaltungszeug, was einen letztlich leer zurück lässt. Du hättest die Barlach-Monographie, die ich Dir schenkte, lesen sollen. Aber gründlich! Und von dort hättest Du Dich über die Literaturhinweise im Anhang selbständig weitertasten können. So habe ich es seinerzeit gemacht. Aber Du hast sie wahrscheinlich ungelesen beiseite gelegt. Glaub nicht, dass man alles im Leben verschieben kann! Eines Tages ist man wirklich zu alt für die Aufnahme von solchen Dingen und dann wundert man sich, dass das Leben einen so enttäuschenden Verlauf genommen hat. Denke daran: Das Leben ist uns – nach einem alten Wort – nicht einfach nur gegeben, es ist uns auch aufgegeben. Das Leben ist als eine Aufgabe zu verstehen (Aufgabe unterstrichen!), mit der unausgesprochenen Aufforderung, selbst etwas aus dem Lebensstoff und der zugemessenen Lebenszeit zu machen. Wer sich dieser Einsicht verweigert und meint, er käme auch so irgendwie möglichst angenehm durch, der darf sich nicht wundern, wenn er *über kurz oder lang mit leeren Händen und leerem Herzen dasteht. Auf irgendwelche Glücksfälle darf man im Leben nicht hoffen. Und selbst wenn sie einträfen und man würde sie sich nur sozusagen „bewusstlos" reinziehen, stände man hinterher ebenfalls wieder mit leeren Händen und leerem Herzen da.*

So schrieb ich an einen ehemaligen Bekannten, der in die gleiche Lage geraten war wie ich.

Aber was soll ich Ihnen sagen: Überzeugt habe ich ihn nicht. Später habe ich gehört, dass er ziemlich elend vor die Hunde gegangen ist, wie man so sagt.

Ich habe es ihm prophezeit.

Aber glauben Sie nicht, dass ich deswegen Genugtuung empfinde.

*

Wissen Sie: Ich habe mein Radio.

Abends und nachts höre ich vor allem

diese wunderbaren Konzerte.

Und andere Kultursendungen.

Das ist auch ein Grund mit, warum ich

nachts wach bin.

Ich kann ungestört zuhören.

Oder arbeiten.

Es ist ruhig.

Ich habe vor allem meine innere Ruhe.

Und da gibt es so manches Interessante,

das mich anregt.

Da höre ich doch letztens eine Sendung

über *Parodien und Variationen.* Von

einem Schriftsteller aus Hamburg.

Sofort habe ich ihm einen Brief

geschrieben:

Vergangene Nacht habe ich Ihre
Gedanken zum Thema
Parodie/Variationen gehört. Ich möchte
bemerken, dass der Ansatz schon mal
gut ist. Gleichwohl ist das noch zu kurz
gegriffen. Es ist nicht immer so, dass es
steinalte Sachen sind, die man variiert.
Was machen Sie zum Beispiel, wenn
Ihnen ein Gedicht eines Zeitgenossen
begegnet, womöglich noch von einem
Zeitgenossen, der erstens noch am Leben
ist und zweitens sogar noch jünger ist als
Sie? Und wenn Sie bei diesem jungen
lebenden Zeitgenossen ein Gedicht
entdecken, zu welchem Ihnen eine Menge
einfällt? So ist es mir geschehen.
Ich las das Gedicht einer Autorin, das sie
kurz zuvor geschrieben hatte, und sofort
erkannte ich, dass sie viele tolle
Möglichkeiten glatt verschenkt hatte. In

rascher Folge verfasste ich fünf Varianten zu ihrem Gedicht – und später weitere. Mittlerweile sind es neunzehn. Und nun ist der paradoxe Fall eingetreten, dass niemand mehr etwas um das Original gibt, dass alle Leute nur noch von meinen Varianten begeistert sind.

Es ist ja so, dass manche (oft durchaus mittelmäßige Autoren) mit viel Glück etwas finden, womit sie aber im Grunde nichts anzufangen wissen. Was entsteht? Ein belangloses bis höchstens mittelmäßiges Gedicht. Es kann durchaus vorkommen, dass ein anderer Autor ein solches Gedicht sieht und dem dann viel mehr dazu einfällt – und der schreibt dann (keine Parodien!) VARIANTEN!

Ich glaube, die Literaturwissenschaft sollte nicht immer bequemerweise von Parodien sprechen. Man sollte sich in solchen Fällen eher an der Musik orientieren. *Zum Beispiel Beethovens Diabelli-Variationen (oder VERÄNDERUNGEN wie Beethoven sagte)! Beethovens Variationen des Walzers von Antonio Diabelli sind doch auch keine Parodien! Sie sind doch tausendmal wertvoller als der bumsblöde Walzer von Diabelli! Beethoven wird sich gedacht haben: „So, mein lieber Diabelli, jetzt werde ich Dir mal zeigen, was man aus einem solchen Quark machen kann!" Und er hat es ihm gezeigt! Und solches kann halt auch in der Literatur vorkommen. Dass unsere Schlafmützen von Germanisten und Literaturkritikern das nicht in den Blick bekommen wollen!!! Die kommen auch nie aus ihrem alten eingefahrenen Trott heraus – und verdienen noch Geld mit ihren unqualifizierten Dogmen!*

So schrieb ich an den Meister.

Aber geantwortet hat er mir nicht.

Nun ja – ich bin das ja gewohnt.

Dabei fand ich das Ganze schon sehr
anregend.

Sehen Sie, dass sind so die Dinge, die
mich interessieren.

Da sehen Sie einmal, wie ich arbeite und
was mich umtreibt.

Das dazu.

*

Nun muss ich Ihnen ganz offen sagen:

Ich habe noch einige andere Probleme,
wo mir anscheinend keiner bei helfen
kann.

Die betreffen hier meine häuslichen
Sachen.

Das Haus ist mit mir in die Jahre
gekommen.

Wie es bei mir aussieht, das glauben Sie
nicht.

Das alles ist überhaupt nicht irgendwie
romantisch.

Ich habe mich mal als *Hieronymus im
Gehäuse* bezeichnet!

Das ist der, der als Eremit in Syrien
gelebt hat.

Ein eifriger Arbeiter, der sich stets
weitergebildet hat und später im Kloster
gelebt hat.

Er soll recht temperamentvoll gewesen
sein.

Teilweise auch polemisch.

Nun gut:

Glauben Sie ja nicht, dass ich mich
darüber freue, wie schäbig es bei mir
aussieht.

Das alles hängt natürlich damit
zusammen, dass ich mich diesen
künstlerischen Sachen gewidmet habe.
Und alles andere beiseite gelassen habe.
Alles andere ist dann immer mehr ins
Hintertreffen geraten.
Immer mehr ist kaputt gegangen im
Laufe der Jahre.
Dies und das.
Auch – weil ich Reparaturen nicht
bezahlen konnte und nichts selber
machen kann.
Dazu bin ich nicht in der Lage.
Das sind meine Probleme, aber da hilft
mir keiner bei.
Ja – wer denn auch?
Auch andere Leute sind ja nicht mit
Wohlstand gesegnet.
Und deshalb sieht es bei mir so aus, wie
es aussieht.
Weil ich nichts dagegen tun konnte.

Ich kann mir keine Handwerker
bestellen und sagen:
Hören Sie mal, das und das ist bei mir
kaputt, machen Sie das mal.
Ja – und nachher werde ich von der
Rechnung überrascht und kann sie
nicht bezahlen, ja?
Vor vielen Jahren ist mir das mal
passiert. Ich konnte die Rechnung nicht
bezahlen.
Was glauben Sie, wie man da behandelt
wird: wie ein Verbrecher.

Und deswegen muss ich viele Sachen
einfach liegen lassen.
Mir bleibt nichts anderes übrig.
Mir wäre viel lieber, das wäre alles ein
bisschen mehr in Ordnung hier.
Aber in diesem Haus ist vieles
katastrophal.
Manches sieht man gar nicht.

Da weiß nur ich selber, was nicht in
Ordnung ist.

Ich darf gar nicht sagen, was das alles
ist.

Da sind Dinge dabei, die zum Teil
lebensgefährlich sind, wenn man
irgendwo dran kommt.

Ich weiß, wo die wunden Stellen sind
und gehe nicht dran. Und deshalb
möchte ich auch keinen Besuch
empfangen. Am Ende kommt hier noch
jemand zu Tode.

Das kann ich nicht riskieren.

Es wäre ein Alptraum.

Ja, ich hätte es auch lieber, wenn alles
in Ordnung wäre.

*

Ich bin ja nahezu zeit meines Lebens
ohne Arbeit gewesen.

Und teilweise auch nicht mehr zum
Arbeitsamt gegangen.

Ich wusste zum Beispiel lange Zeit gar
nicht, dass man Arbeitslosenhilfe
bekommt.

Davon hab' ich erst viel später erfahren.

Dadurch bin ich manchmal so sehr in
die Enge gekommen, dass ich nahe dran
war, zu verhungern.

Oder an Krankheiten zugrunde zu
gehen.

Weil ich doch nicht in der Krankenkasse
war.

Ich bin also sozusagen immer mehr
verarmt.

Als Langzeitarbeitsloser gilt man vielen
Leuten als Versager, der an seinem
Schicksal selber schuld ist.

Arbeitslose – zumal Langzeitarbeitslose –
sind in den Augen der sie umgebenden

Gesellschaft längst zu Menschen dritter,
wenn nicht gar vierter Klasse
abgesunken.

Dabei ist der Langzeitarbeitslose
mindestens ein ebenso wertvoller und
für die Gesamtheit wichtiger Mensch wie
die anderen, die noch nicht ihren
Arbeitsplatz verloren haben.
Ich jedenfalls habe aus der vielen freien
Zeit ne Menge gemacht, im guten Sinne,
trotz vieler Opfer und Einschränkungen,
die ich mir auferlegen musste, um das,
was ich liebte, zu pflegen.
Auf meine Weise habe ich dazu
beigetragen, Kulturwerte zu schaffen.
Und ich arbeite mehr und fleißiger als
viele andere in jedem bezahlten Beruf.
Nur mich bezahlt keiner dafür.

Mit der Zeitschrift bin ich dann noch
mehr Risiken eingegangen.

Und nachdem ich das eine zeitlang
gemacht habe, ging das irgendwann
auch nicht mehr.

Obwohl ich die Erscheinungsweise
immer mehr gedehnt habe.

Und sowieso ging ja alles nur auf
Ratenzahlung.

Anders hätte ich die Druckkosten ja gar
nicht bezahlen können.

Aber irgendwann war Schluss.

Ende der Fahnenstange.

Sie sehen: Ich habe mit extremen
Problemen zu kämpfen gehabt.

Dann kam ja noch die Sache mit
Russland hinzu.

Das war sozusagen meiner
Hilfsbereitschaft geschuldet.

Da hieß es seinerzeit in einer Zeitung –
so 1989/90 muss das gewesen sein – als
sich durch Gorbatschow praktisch bei
den Russen schon einiges geändert
hatte – da hieß es:
Viele Russen möchten gern in deutscher
Sprache mit Deutschen
korrespondieren.
Ja gut – ich hatte schon immer ein
Faible für die Russen.
Schon allein durch die russische Musik
und Literatur.

Ja – und dann waren da ein paar
Adressen angegeben.
Und dann hab' ich mich gefragt:
Soll ich denen direkt schreiben?
Man weiß ja gar nicht, wen man vor sich
hat.

Und da bin ich auf die Idee gekommen,
über fünfzig Leuten ein Exemplar meiner
Zeitschrift zu schicken.
Wenn da jemand dabei ist, der auf
meine Zeitschrift anspricht:
Dann weiß man ja, worüber man sich
austauschen kann.
Das war doch besser, als wenn man
einem ganz Fremden schreibt, der sich
vielleicht für Kunst und Kultur
überhaupt nicht interessiert.
Das ist ja dann auch blöd.
Jedenfalls bin ich auf diese Art und
Weise an einen russischen Studenten
gekommen.

Na ja.
Sein Deutsch war dermaßen
katastrophal.
Aber trotzdem, es ging irgendwie.

Und über den bin ich dann auch an
andere Russen gekommen.

Unter anderem an einen russischen
Deutschlehrer.

Der hatte vom Staat den Auftrag,
russischen Kindern auf dem Dorf
Deutsch zu lehren.

Aber die Leute, die ihn beauftragt
haben, die haben ihm kein brauchbares
Material gegeben.

Er schrieb mir, dass er nur Material aus
dem vorigen Jahrhundert hat.

Noch aus der Zarenzeit.

Da wär´ überhaupt nichts mit
anzufangen gewesen.

Der sollte seinen Schülern Deutsch
lehren, und er konnte es nicht, weil ihm
das Material fehlte.

Er selbst sprach auch nur sehr schlecht
Deutsch.

So aus der Kindheit noch irgendwie.

Na ja – und obschon ich nicht Russisch
kann und wir beide auch keine Sprache
hatten, in der wir uns hätten
unterhalten können, hab ich mir gesagt:
Du bringst dem Mann jetzt irgendwie
Deutsch bei.

Und das hab' ich auch tatsächlich
geschafft.

So!

Und dann seine Schüler, die waren auch
ne Klasse für sich.

Einige von ihnen haben mir noch
jahrzehntelang geschrieben.

Also: Auch das war ein Riesenkomplex.

Auch das frisst meine Zeit.

Meine Zeit und meine Kraft!

Ja, und daraufhin wurde ich für den
Marion-Dönhoff-Preis vorgeschlagen.

Ohne mein Wissen!

Auf einmal krieg' ich da so ein Schreiben
und weiß von nichts.

Na ja: Den Preis habe ich natürlich nicht
bekommen.

Dafür war ich zu unbekannt.

Aber immerhin wurde ich nach
Hamburg zur Preisverleihung
eingeladen.

Ich habe abgelehnt.

Zu dieser Zeit war ich schon nicht mehr
vorzeigbar.

*

Sie sehen also:

Ich mach' weiß Gott was für Sachen.

Das sind ja nur jetzt Beispiele.

Und das alles frisst meine Zeit.

Ich arbeite mich ja sowieso schon tot –
oder halbtot.

Schauen Sie mal:

Jetzt – wo ich mit Ihnen spreche, ist es 3
Uhr nachts.

Ja – wenn Sie mir jetzt sagen, dann
machen Sie es doch tagsüber.

Ja – tagsüber kann ich nicht, da bin ich
anderweitig beschäftigt.

Da muss ich zum Arzt oder sonst was
besorgen.

Ich leide unter Dauerschwindel.

Mir ist ständig schwindelig.

Ich muss so Acht geben, wenn ich auf
die Straße gehe.

Wenn ich auf den Boden schaue, dann
geht es.

Aber sobald ich aufschaue oder den
Kopf nach rechts oder links drehe.

Da wird mir so schwindelig, dass ich
stehen bleiben muss.

Ich sage immer:

Ich halte mich mit den Augen am Boden
fest.

Ich hab' also tausend Schwierigkeiten,
wie Sie sehen.

Ich kann nicht einfach so schön, so per
Unterhaltung mich irgendwohin
verfügen.

Das geht alles nicht!

Und außerdem: Ich kann auch nicht
weit gehen.

Mit Bahn und Bus komme ich zum
nächsten Vorort.

Vielleicht zum Fotokopieren oder zum
Antiquariat kann ich fahren.

Aber wenn ich von da zurückkomme,
dann bin ich so k.o., dass ich für den
Rest des Tages nicht mehr rausgehen
kann.

Dann kommt leider noch hinzu, dass ich
einen ziemlich schweren Körper habe.

Ich bin viel zu dick, obwohl ich wenig
esse.

Das ist natürlich Mist.

Das alles sind tausend
Beeinträchtigungen, die ich mit meinem
Körper erdulden muss.

Und dann das Riesenpensum, das ich
mir selbst an Arbeit auferlegt habe.

Das will ich auch irgendwie schaffen.

*

Manch einer möchte gerne wissen, wie
man Gedichte schreibt.

Wie soll ich jemandem sagen, wie er
Gedichte schreiben soll?

Das muss er in sich selbst fühlen.

Ich kann ihm das nicht sagen.

Ich habe es ja bei mir selbst auch
gefühlt.

Ich hatte ja auch niemanden, der mir
hätte etwas sagen können.

Und wie gesagt:

Ich hab' das ja auch am Anfang gar
nicht gewusst.

Ich war zwar in Deutsch ganz gut in der
Volksschule.

Konnte gut vorlesen und weiß der Teufel
was nicht alles.

Aber wie man Gedichte schreibt?

Ja du lieber Gott, das wird irgendwann
in einem wach.

Und dann entwickelt sich das von
alleine.

Ich meine, dass ist ja nicht bei jedem
Menschen so.

Bei mir war es halt dann eines Tages so.

Und dann war ich auch bestrebt, mich
vielfältig autodidaktisch weiterzubilden.

Das war wahnsinnig wichtig für mich.

Ich wollte von vielen Dingen etwas
wissen.
Denn wenn man nichts weiß und nichts
im Gehirnkasten hat.
Dann passiert auch nichts.
Dadurch wächst auch nichts.
Aber wenn man von vielen Dingen weiß
– auch wenn man nicht direkt damit in
Berührung kommt – dann ist das doch
sehr hilfreich.
Da weiß man, was es alles gibt in der
Welt.
Und was man eventuell alles bedichten
kann.

*

Ich habe viele Tiergedichte geschrieben.
Über alle möglichen Tiere.
Da wissen viele Leute gar nicht, dass es
diese Tiere überhaupt gibt!

Auch Professoren und Doktoren nicht,
musste ich feststellen.

Es ist meines Erachtens ein großes
Manko des Menschen, dass er sich im
Grunde nur für seinen eigenen Krempel
interessiert und kaum die nächste Natur
um sich herum wahrnimmt.

Das sollte aber gerade in unserer
Umwelt vernichtenden Zeit mehr der Fall
sein!

Denn der Mensch ist schließlich trotz
aller Überhebung selbst ein
Naturgeschöpf, und letzten Endes wird
sich erweisen, dass er keineswegs die
vielzitierte KRONE DER SCHÖPFUNG
ist, jedenfalls nicht in d e m Sinne,
dass er sich alles gegen die Natur
herausnehmen und nach Belieben mit
ihr umspringen kann bzw. ständig einen
unaufhörlichen vernichtenden Krieg
gegen sie führt.

Ich habe mich dafür interessiert, was
uns die Tiere und Pflanzen l e h r e n –
uns, den Menschen!

Immer wieder habe ich daher versucht,
Tiere und Pflanzen in meinen Gedichten
darzustellen.

Aber ich weiß: Da wird es schwierig.

Ab einem gewissen Punkt verliert der
Leser das Interesse, und zwar dann,
wenn die geschilderten Dinge zu weit
von seinem eigenen Lebenskreis fort
liegen.

Ich habe mich in dieser Hinsicht sehr
weit ausgedehnt – z.B. in meinen Fische-
Gedichten.

Vielleicht denken einige: Was soll das?

Fängt der jetzt an zu spinnen, dass er
mit den Fischen spricht und ihnen eine
Art Persönlichkeit gibt?

*

Dabei kann ich mich erinnern, dass ich
mich schon als kleines Kind für Tiere
interessiert habe.
Meine Verwandten hatten einen kleinen
Bauernhof.
Immer wenn ich zu Besuch war, habe
ich zuerst die Schweine im
Schweinestall besucht.
Ich führte lange Gespräche mit ihnen
und hatte hierbei keineswegs das
Gefühl, irgendetwas Höherstehendes zu
sein.
Für mich standen die Schweine mit ihrer
grunzenden Gemütlichkeit auf der
gleichen Ebene.
Wenn ich doch nur heute noch wüsste,
worüber wir uns damals unterhalten
haben!

Vielleicht hat ja meine Vorliebe zu den Schweinen damit zu tun, dass ich nach dem chinesischen Horoskop ein Schwein bin.

Wer weiß?

Manchmal stelle ich mir vor, was mich im Jenseits erwarten wird.

Von dem bedeutenden evangelischen Theologen *Karl Barth* ist überliefert: dass er, wenn er in den Himmel kommt, nicht zuerst Christus und die Heiligen aufsuchen will, sondern sich zuerst zu *Mozart* begeben möchte.

Man möge mir verzeihen: aber ich möchte in der gleichen Situation zuerst die Schweine aufsuchen.

Vielleicht wissen sie noch, worüber wir uns damals unterhalten haben.

Und vielleicht können wir dann im
Himmel unsere damaligen Gespräche
fortsetzen.

*

Bei späteren Besuchen bin ich gerne
allein in den Wald gegangen.
Auf meinen Wanderungen durch die
Wälder der Umgebung kannte ich mit
der Zeit nahezu jeden Weg und die
schönsten Plätze.
Ich nannte sie meine *poetischen Orte*.
Ich setzte mich auf einen Baumstumpf
und überließ mich ganz der Situation.
Es war ein Sich-verlieren.
Ich schnappte förmlich nach Wörtern für
meine Eindrücke, Gefühle, Gedanken.
Mir war, als würde ich mir aus ihnen ein
flüchtiges Zuhause zimmern, in dem ich
mich eine zeitlang niederlasse.

Ich schaute mir die Umgebung an und
horchte auf die Geräusche.
Anfangs vernahm ich lediglich eine
diffuse Klangfülle: aber mit der Zeit
unterschied ich das Rauschen der
Bäume; das Glucksen des mäandernden
Baches; den Gesang der Vögel; das
Summen der Bienen; das eintönige
Gebrumm des fernen Verkehrs und der
sich kreuzenden Fluglinien.

Meine poetischen Orte waren Stätten, an
denen ich zu mir selbst fand.
Es waren Orte des Nachdenkens und
der Stille.
Alles begann mit einem Staunen.
Ich hatte mir angewöhnt, auf die
Pflanzen zu achten, die den Wegrand
säumten.

Völlig unscheinbare und häufig
übersehene sind darunter. Immer wieder
schaute ich sie mir an.
Wahre Wunderwerke: so bunt, so zart,
so vielfältig.
Ich entwickelte so etwas wie einen
Aufmerksamkeitssinn für die kleinen
und kleinsten Dinge.
Je länger ich sie anschaute, desto
sicherer war ich mir, dass sie mich
ebenfalls anschauten und mir etwas
sagen möchten.

*

Nun – Sie werden sich wundern, woher
ich viele Dinge weiß.
Vieles kommt von meiner
autodidaktischen Bildung her, die ich
mir angeeignet habe – ohne irgendeinen
Lehrer. Dabei würde ich schon gern

etwas mehr Ordnung in mein Denken bringen.

Im Grunde bin ich in allen Dingen ein *Dilettant.*

Damit kein Missverständnis aufkommt: Der Dilettant ist im Unterschied zu den bestallten sogenannten *Experten* ein *Liebhaber,* der sich zum Vergnügen mit den Dingen beschäftigt.

Er widmet sich mit ganzer Person einer Sache, nicht um des Geldes oder Ruhmes willen.

Schopenhauer war es, der zuerst eine Lanze für den Dilettanten gebrochen hat.

Später kam *Egon Friedell* hinzu, dessen *Kulturgeschichte der Neuzeit* zu meinen Büchern gehört.

Er bezeichnete sich selbst als Dilettant, obwohl er wesentlich mehr wusste als die Fachgelehrten, die oft nur ein

Spezialgebiet beherrschen, aber keinen
Gesamtüberblick haben.
Friedell wurde von den Nazis zu Tode
gehetzt.
Aber das nur nebenbei.

*

Vielleicht sollte ich auch nicht mehr so
viel schreiben, sondern überlegen,
welchen Dingen ich mich in meinem
restlichen Leben noch widmen möchte.
Mir schwebt vor, mich nur noch um das
zu kümmern, was mich interessiert.
Sonst wird mir das alles einfach zu viel.
Hinzu kommt – weil ich mir viele Dinge
angeeignet habe und nicht nur die
Meinungen und Vorurteile anderer
nachgeplappert habe, dass ich mit
Vielem total quer zum Zeitgeist und zur
herrschenden Auffassung liege.

Aber das ist mir völlig wurscht.

Ich habe nichts zu verlieren!

Ich bin absolut vogelfrei und kann tun
und lassen, was ich will!

Daher erlaube ich mir, eine eigene
Meinung zu haben.

Hesse, Kafka, Böll – das sind die
Vielgepriesenen.

Auf Bölls Wort von der *Theologie der
Zärtlichkeit* habe ich ein Akrostichon
geschrieben.

Er ist mir sympathisch, weil er wie ich
keine Rasenmäher mag.

Aber den Gedichten von Hesse habe ich
zum Beispiel kaum jemals Geschmack
abgewinnen können.

Die Gedichte sind zwar oft sehr
stimmungsvoll, aber hin und wieder
doch auch sehr ungekonnt geschrieben.

Na, und Kafka mit seiner ewigen
Düsternis, den möchte man auch nicht
immer lesen.
Ein ähnlicher Fall wie Franz Kafka ist
für mich Samuel Beckett.
Gewiss ist das alles sehr gut
geschrieben.
Aber das ist alles so'n Zeug, das
schnurstracks in die Dunkelheit des
Todes und des Weltendes führt.
Wenn es nach Beckett gegangen wäre,
wäre doch alles schon längst vorbei, und
die Erde wäre schon seit Jahrzehnten
ein Planet ohne Leben.
Aber das Leben ist weitergegangen –
allen seinen Düsternissen und
Finsternissen zum Trotz.
Wenn ich so etwas lese wie etwa Beckett
oder Kafka, verdirbt mir das auf Wochen
und Monate meine eigene
Innenstimmung total.

Solche Leute machen mich schon tot vor
der Zeit!

*

Da bleibe ich doch lieber bei meinen
Gedichten.

Dazu will ich Ihnen eine kleine
Geschichte erzählen:

*Vor kurzem erhielt ich einen Anruf von
einer verzweifelten Mutter, einer Frau aus
der Nachbarschaft. Sie hatte gehört, dass
ich Gedichte schreibe.*

*Ihr Sohn müsse eine Klausur in Lyrik
schreiben, weigere sich aber, die Dinge
aus seinem Lehrbuch zu lernen. Ob ich
helfen könne.*

Was sollte ich der guten Frau sagen?

*Nun gut – sie schickte den Sohn her, und
was soll ich Ihnen sagen: In dem
Lehrbuch stand dieser ganzen Kram mit*

den Reimen, Jamben usw. Aber was ein
Gedicht ausmacht, stand da nicht.
Ich erzählte dem Jungen, dass ich mein
erstes Gedicht geschrieben habe, als
mich zum ersten Mal verliebt hatte. Ich
hätte irgendwohin mit meinen Gefühlen
gemusst.
Das sei nach meiner Auffassung der
Grund, warum Leute überhaupt Gedichte
schreiben: sie haben etwas Schlimmes
oder sehr Schönes erlebt. Das treibe sie
dazu.
Dem Jungen schien ein Licht aufzugehen.
Er war plötzlich bereit, sich diesen
ganzen Formalkram einzubimsen.
Vor allem aber hatte er begriffen, warum
überhaupt Gedichte geschrieben werden.

*

Das Wichtigste für mich ist:

Ich muss absolut frei sein!

Und vor allen Dingen:

Ich muss allein sein!

Das ist ja auch ein Grund mit, weshalb
ich allein lebe.

Es gab zwei oder drei Situationen in
meinem Leben, da hätte es auch anders
laufen können.

Aber letztlich habe ich mich immer dafür
entschieden, für mich zu bleiben.

Und im Großen und Ganzen komme ich
ganz gut mit meiner Einsamkeit zurecht,
die ja, so kommt es mir jedenfalls heute
vor, eine selbst gewählte ist.

Ich habe da so meine Vorbilder: Freunde
im Geiste, wenn Sie so wollen.

Einer davon ist Ernst Barlach, der
ähnlich lebte wie ich.

Auch Barlach hatte eine instinktive
Abneigung gegen diesseitige „Werte";

seien es materielle Dinge, sei es Ruhm,
oder Politik.

Er lebte ganz seiner Kunst hingegeben
und dem einfachen Leben in der Natur –
mit keinen besseren Freunden als Wind
und Wetter.

Barlach ging es darum, die wirkliche
Welt ganz und gar darzustellen – nicht
nur die sichtbare, sondern eine neu
geschöpfte.

Mit Barlach habe ich mich jahrelang
intensiv auseinander gesetzt.

Nicht nur mit seinen Plastiken und
Zeichnungen.

Sondern vor allem auch mit seinem
Schreiben.

Das wissen die Wenigsten: Dass er auch
geschrieben hat.

Barlach hat sich nie mit einer einzigen
Kunst begnügt.

Ihm war die Plastik zu *körperlich* – nicht
genug Seele.

Das Schreiben wiederum war ihm nicht
plastisch genug

Und deshalb zeichnete er auch.

Barlach wollte alles auf einmal.

Genau das ist es, was mir an ihm gefällt:

Das plastische und zeichnerische Werk

fällt ziemlich *literarisch* aus, während

das Schreiben *bildhaft* eindringlich ist

und sich zeitweilig zu einem

romantisierenden Phantasieren

versteigt.

So in etwa könnte man sein Schaffen

charakterisieren.

All das – was man ihm vielleicht als

Schwäche auslegen könnte – liebe ich

gerade an ihm.

Da ist aber noch eine andere Seite bei ihm, die ich gar nicht so recht benennen kann.

Es ist eine besondere Form der *Gläubigkeit!*

Er selbst sagt von sich – ich lese Ihnen das mal vor:

Doch gehöre ich zu den gläubigen Menschen, deren Letztes allerdings sich nicht in Worte bringen ließe, indem ich der Überzeugung bin, dass die mir gegebene Sprache und Darstellung – wenn auch stammelnderweise – von Etwas zeugt, das vom Wort, von Wille, Verstand und Vernunft überhaupt nicht berührt wird. Es sei denn in einer Art ,Kunstsprache', vermöge übervernünftiger Eigenschaft als Schönheit, Größe, Majestät oder erschütternde Eindringlichkeit, was vom

Jenseits der Wortmathematik kommt,
nicht gewollt, gelernt, gewonnen oder
ursächlich erkannt werden kann,
sondern zweckfreie Gnade ist.

In diesen Worten erkenne ich mich
selbst wieder.
Sie sind eine Art künstlerischer
Wegweiser für mich.
Ja – mehr noch.

Barlach fasziniert mich durch seine
Haltung; menschlich und künstlerisch.
Seine Werke wurden von den Nazis
verboten. Er hat schwere Zeiten erlebt.
Aber in seinen Figuren, in denen er die
menschlichen Eigenschaften gestaltet
hat – Sie kennen doch wahrscheinlich
diese überaus bizarren Darstellungen –
sehe ich eine *Ablehnung alles*
Dramatischen, Künstlichen,

Überbetonten. Wenn überhaupt, könnte man von einer Art *kreativer Resignation* sprechen. Dadurch eröffnet sich ein neuer Horizont: Der Skeptizismus, der im gesenkten Blick einer der Skulpturen zum Ausdruck kommt, könnte auch eine *überlegene, weise, über den Dingen stehende Haltung* sein. Auf diese Weise kann sie den eher ignoranten Betrachtern *Toleranz entgegen bringen.*

Seine Botschaft scheint zu lauten*: Am Ende siegt das Schöpferische.* Darin liegt für mich das Tröstliche und wenn man so will: die humanistische Kernaussage des gesamten Werkes.

Nur so entsteht echte Kunst. Sie muss die Niederungen des Zweifels durchschreiten und darf sich die Welt nicht schön reden. Erst dann ist sie bei sich angekommen. Man könnte auch sagen: *Im Grunde sind wir Künstler doch allesamt ,lachende Nihilisten´.*

Ich sehe darin eine Art, das Dasein zu verstehen, die mir sehr nahe ist.
Als ich mich mit dem Werk Barlachs befasste, drängte es mich, meinen Impressionen einen eigenen Ausdruck zu verleihen.
Viele Gespräche habe ich seither mit ihm geführt – wie mit meinem doppelten Ich.
Und stets hat er mir geantwortet, wenn ich in meiner Einsamkeit zu versinken drohte:

Sei getrost, schien er mir zu sage: *Mit deiner Ziel- und Zwecklosigkeit wird es auch beschaffen sein wie mit meiner. Du wirst sein wie ein Schatten, mächtig oder*

zart, alldurchdringend, allempfangend,
wie der, mit dem du verbunden bist.

Nach solchen Worten fühlte ich mich
nicht mehr draußen.
Im Gegenteil.
In meiner Zurückgezogenheit umfing
mich plötzlich die Behaglichkeit eines
Murmeltiers.

*

Oft erinnere ich mich an meine Kindheit.
Als ich Schutz bei meiner Tante suchte,
die mich großzog, da meine Eltern früh
verstarben.
Damals saß ich an den Festtagen
nachmittags im Jenseits und vermied
das Gedränge der sonntäglichen
Allerweltsmenschen.

Ich fühlte mich zugleich gerettet und
verloren.

Ohne Freunde saß ich im Versteck
meiner Einsamkeit.

Erst viel später begriff ich:
Wenn ich künstlerisch ernsthaft was
machen wollte, muss ich für mich sein.
Wenn da irgendwelche Leute sind – egal
welche.
Und wenn sie es noch so gut meinen:
Das ist Störung.
Oder angenommen: man hätte eine
Ehefrau.
Um Gottes willen!
Die ginge doch ständig mit
irgendwelchen häuslichen Fragen
dazwischen.
Das ist einfach unmöglich.
Oder vielleicht noch ne ganze
Kinderschar.

Ja du lieber Gott, nee!

Es ist ja schön, wenn man Kinder hat.

Es gibt genug Leute, die Kinder haben.

Und auch ich mag Kinder.

Nur ist die Sache bei mir nun einmal
anders gelaufen.

Und ich empfinde das, was ich mache,
als ganz etwas Besonderes.

Ja, Du lieber Gott, so lange kann ich ja
gar nicht mehr leben! Ich werde bald 80.

Und eigentlich hab' ich noch wahnsinnig
viel vor.

Ich weiß gar nicht, in welche Zeit ich das
reinpacken soll, was ich vorhabe.

Mir reicht eigentlich die Zeit gar nicht
aus.

Also – wenn ich mir das ganz kritisch
einmal ansehe, dann sind es vor allem
zwei Sachen, die mich umtreiben:

Also in den ganz praktischen Dingen.

Was geschieht mit meinen Sachen?

Was passiert damit, wenn ich sterbe?

Wird das alles einfach auf den Müll

geschmissen. Ja?

Das liegt mir dermaßen auf der Seele!

In den letzten Jahren immer mehr.

Dann wache ich morgens auf und

zerbreche mir den Kopf:

Was machst du mit deinen Sachen?

Wie sicherst du deinen Nachlass?

Alles was ich künstlerisch so gemacht

habe.

Wie sicherst du das?

Das hämmert mir im Kopf herum.

So!

Ich habe von der Gottheit einerseits die

Gabe bekommen.

Mir ist aber auch bewusst, dass ich

gleichzeitig dafür auch verantwortlich

bin, dass diese Sachen geschützt
werden.

Dass sie nicht im Müllcontainer landen.

Und wie finde ich jetzt Leute, die in
dieser Weise etwas für mich tun?

*

Und dann sagte ich ja schon: Am Haus
geht nach und nach alles kaputt.

Neu ist jetzt das Problem mit der
Südwand.

Wenn es tüchtig regnet, läuft von innen
das Wasser runter in die Wohnung.

Jetzt hab' ich die Couch etwas
abgerückt, damit das Wasser mir nicht
in die Couch läuft.

Und vor allem nicht in meine Papiere,
die auf der Couch liegen.

Wenn das Wasser denn so freundlich
wäre, dass es durch die Decke in den

Keller läuft – wenn es schon ins Haus läuft.

Das sind alles so Sachen, die mich beschäftigen.

An sich liebe ich alte Häuser.

Auch wenn alles vielleicht ein bisschen kaputt ist, grade dann!

Dass man sieht:

Hier wohnen Menschen mit ihren Sorgen, Leiden und kleinen Lebensfreuden.

In den überspitzt wohl ausgerüsteten Häusern der Gutsituierten sieht man nichts Erfreuliches.

Ich mag solche Häuser nicht:

Wo man sieht, dass die Eigentümer ihr ganzes überschüssiges Geld in ihr Haus reingeklotzt haben.

Widerlich!

Das ist doch kein Lebenskonzept!

Ich hänge nun mal an dem etwas
Altertümlichen.

Muss gar nichts Großartiges sein.

Eine bescheidene Wohnung in einem
vielleicht kleinen, engen 100jährigen
Haus auf dem Land –
das wäre so mein Ideal.

Mit Haustieren: Ziegen, Hühnern,
Katzen, Kühen usw.

Und einem schönen gediegenen
Misthaufen vor dem Haus.

Aber wo gibt's denn so was noch?

*

Sie sehen: Wenn man solche Gaben hat
wie ich, oder wie man das nennen soll,
dann muss alles andere aus dem
gewöhnlichen Leben warten.

Und dann denkt man an die
gewöhnlichen Leute, die das alles nicht
haben.
Und dann fühle ich mich plötzlich ganz
reich, weil ich über etwas verfüge, das
anderen vorenthalten ist – wenn ich so
sagen darf.
Obwohl sich immer etwas in mir
gesträubt hat, wenn ich als LYRIKER
bezeichnet wurde.

Ich habe zwar viele Vogel-, Fisch- und
Pflanzengedichte geschrieben, bin aber
deshalb nicht gleich ein Lyriker, wie er
im Buche steht!
Ich glaube, die Gattungsbezeichnung für
meine Gedichte muss erst noch
gefunden werden.
Eine schöne Aufgabe für all die
Professoren, Doktoren, Germanisten
und Literaturkritiker, die mich mein

ganzes bisheriges Leben lang
totgeschwiegen haben, weil sie infolge all
zu eng gefasster Bewertungsstellen im
Gehirnkasten mit meinen Gedichten
nichts anzufangen wussten.
Ich muss mir dann eingestehen, dass
meine Art zu schreiben und auch meine
Themenkreise usw. einzigartig sind.
Es gibt einige wenige, die das auch so
sehen.
Es sind im Grund Geschenke der
Gottheit, für welche ich als auserwählter
Empfänger nur dankbar sein kann.

Natürlich nimmt das hier in meinem
Umfeld, wo ich wohne, keiner wahr.
Hier in der Vorstadt.
Die ist ganz schlecht für mich.
Da hat keiner von Kunst und Kultur
eine Ahnung.
Ich sage immer:

*Die Leute wohnen in abgedeckten
Häusern.*
Die Formulierung stammt von Barlach.
Es wäre besser, ich würde woanders
leben und nicht hier.
Aber jetzt bin ich schon so lange hier.
Da hat es keinen Zweck, sich
anderweitig zu orientieren.
Da werde ich den Rest Leben, den ich
noch zu leben habe, hier auch noch
ableben.

Ich kann nur hoffen, dass sich
irgendwer um meine Sachen
kümmert.

*

Und wenn es trotzdem irgendwie schief
geht, und mein ganzes Zeug landet auf
dem Müll?

Ich weiß ja nicht, wer dafür zuständig ist
– das weiß ich ja jetzt noch nicht, ich bin
ja noch auf der Erde – aber wenn ich
dann an einem anderen Ort bin, dann
kann ich sagen:
Ich habe alles nach bestem Wissen und
Gewissen gemacht.
Und wenn trotzdem das ein oder andere
schiefgegangen ist – liebe Leute:
Warum hat mir nicht einer von euch
geholfen?
Nur ein bisschen geholfen!
In irgendeiner Weise.
Und mich nicht einfach hängen lassen.

Ich hab' einmal zu meinem
Musikwissenschaftler gesagt – anlässlich
irgendeiner Sache:

*Also wissen Sie, wenn Sie erst mal oben
im Himmel sind, dann werden Sie erst*

mal die Backpfeifenallee entlang
getrieben.

Da können Sie entlang spazieren, wo
rechts und links wunderbare Bäume
wachsen. Und in den Bäumen und in den
Blättern – da ist so ein Gekicher von
Mädchen. Und dann denken Sie: Das ist
sicher das Paradies.

Was dann aber kommt und zwar ganz
schnell, dass man es kaum sehen kann,
dass sind Mädchen:
die Ohrfeigen verteilen.

Da geht man ne schöne Allee entlang und
kriegt dann dauernd Ohrfeigen.

Für jede Gelegenheit, die man
ausgelassen hat, um seine Begabung zu
nutzen, eine Ohrfeige!

Ja – das hab' ich mal so vor mich hin
phantasiert.

Was dann sein könnte, wenn wir alles
Irdische hinter uns lassen.
Und uns eines Tages fragen lassen
müssen, was wir aus unseren Talenten
gemacht haben.
So was in der Art schwebt mir halt vor.
Ich habe nun mal eine starke Phantasie.
Sei's drum.
Über mich soll man zum Schluss nicht
wie über den Dichterkollegen *Lenz*
sagen:
So lebte er hin.
Ich würde mir wünschen, dass man
über mich sagt:
Er hat sein Bestes gegeben.

*

Zum Schluss möchte ich Ihnen noch ein
paar Zeilen aus
einem Gedicht vorlesen.

Das passt vielleicht ganz gut:

Ein Kiesel liegt gering am Grund.
Was hat er noch zu hoffen?
Er träumt und ruht und ist gesund:
Die Zukunft steht ihm offen!
So mag es manchen Menschen gehen:
Sie liegen wie auf Lager.
Sie sind schon zu was ausersehen
und keineswegs Versager!
Doch noch ist ihre Zeit nicht reif,
ihr Los noch nicht beschrieben.
Ihr Stern kriegt spät den hellen Schweif,
den alle fraglos lieben.

Ich denke, für heute ist es genug.
Es ist jetzt 5 Uhr in der Früh.
Jetzt muss ich mich schlafen legen.
Gute Nacht!

Angaben zum Autor

Joke Frerichs; Jahrgang 1945; Dr. rer.
pol.; Studium der Philosophie,
Soziologie, Politikwissenschaft und
Germanistik.
Veröffentlichungen u.a.:
„Zugänge. Wie man aufwächst, so denkt
man" (2005); „Begegnungen" (2007);
„Selbstgespräche. Gedichte und Poeme"
(2010); „Opas Welt. Erinnerungen an
meinen Opa und meine Kindheit in
Emden" (2011); „Die Mission", Roman
(2011); „Einfach mal drauflos fahren –
Episoden von Reisen" (2013, 2. Aufl.
2014); „Gespräch mit einem langen
Schatten", Roman (2013); „Das Leuchten
der Stille". Ausgewählte Gedichte (2014);
„Das Haus des Dichters", Roman (2016);
„Inside out. Die Welt lässt sich nicht
umarmen", Journal der Jahre 2005-
2015; „Die Schatten werden länger",
Journal 2016; „Kontinuitäten und
Brüche. Versuch einer
Selbstbeschreibung" (2017);
„Gegenblende", Journal 2017;
„Flugsand", Journal 2018; „Intervalle",
Journal 2019; „Farewell", Journal 2020;
„Zeit der unverhofften Bilder", Roman
(2020); „Zimmerschied. Eine Oase im

Grünen" (2021); „Gelebte Alltagskultur.
Episoden aus dem Basil's" (2021);
„Weitermachen", Journal 2021; „Besuch
beim Philosophen. Versuch eines
Gesprächs zwischen Generationen"
(2022).

Zusammen mit Klaus Frerichs: „Einer
schreibt, einer malt. Zwei Brüder aus
dem Emder Arbeitermilieu finden ihren
Weg" (2017).

Zusammen mit Petra Frerichs:
„Lesespuren. Notizen zur Literatur"
(2011); „Leben braucht keine
Begründung. Zum literarischen Werk
von Dieter Wellershoff" (2012);
„Literarische Entdeckungen. Vergessene
und neu gelesene Texte" (2012, 2. Aufl.
2018); „Leben und Schreiben – was
sonst? Ein Streifzug durch die
Werkausgabe von Dieter Wellershoff"
(2014); „Das Mysterium der Suche"
(2014); „Dieter Wellershoff. Eine
Begegnung der besonderen Art" (2019).

Beide schreiben für den *Blog der
Republik.*

Weitere Informationen unter:
www.joke-frerichs.de